光森裕樹

Yuki Mitsumori

現代歌人シリーズ
13

山椒魚が飛んだ日

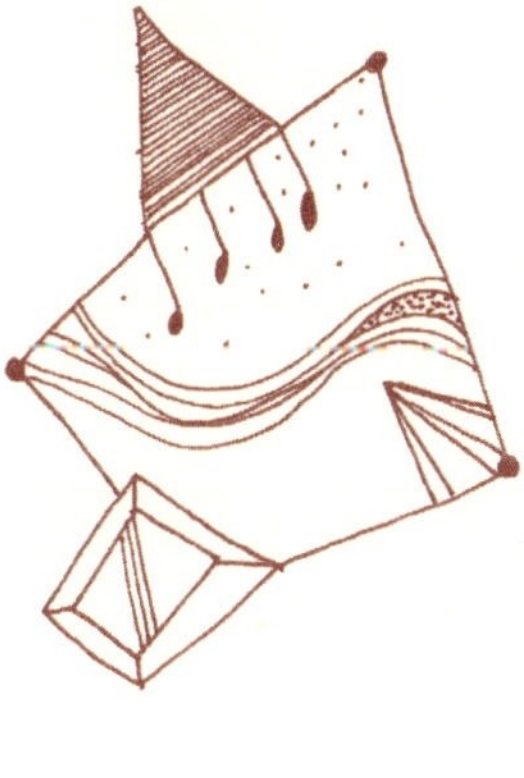

書肆侃侃房

山椒魚が飛んだ日＊目次

装画　ありかわりか
装幀　宮島亜紀

山椒魚が飛んだ日

月のむかう

シーリングファンまはるときさざしたるぼくらの部屋が浮くとふおもひ

こはれたる楽器はやがて舟になりさざなみにとぷとぷと鳴ります

雲ひとつ月のむかうをすぎゆくをみとめて云はずあなたを送る

助けて欲しい人と助けてくれる人が異なる日日のあきさめのおと

あまがさは雨の日にしか買はなくて昨日今日明日あすけふきのふ

空と呼ぶ

でもぼくは手のひらからするぶらんこのにほひがとれるまで帰れない

飛行機の影ゆく芝生どのまちにも空港があるとうたがはなかつた

ひやくねんを着陸しない飛行機がたしかにあつてぼくは見てゐた

みづからが飛べざる高さを空と呼び夕陽のさきへ鳥もゆくのか

きさらぎの質草

きさらぎを撓めて過ごす目をほそめペティナイフの刃を折るやうに

ゆきの坂そのいただきに着きて待つ吾の視線に吾は追ひつく

隣宅のドアノブの雪おちてをりさてもみじかき昼餉のあひだに

金貨のごときクロークの札受け取りぬトレンチコートを質草として

舞台横の二階席だった

コンサートホールに入りぬ棺桶の広さを王が確かむるごと

ヴィオロンのＧ線上を移動する点Ｐとして指ひかりゐつ

ペダルの根の七《しち》股《こ》伸びゐて竪琴はまふゆの真夜のひとつきりかぶ

とりいそぎ書かれたる字はうるはしく〈本日のアンコール曲〉をみとめて去りぬ

小夜しぐれやむまでを待つ楽器屋に楽器を鎧ふ闇ならびをり

露西亜語でさん、にい、いちと云ひにけむ指揮者の唇《くち》のまなうらにあり

Madagascar 2012

カメレオンの如く、ひとつの目を未来へ、もうひとつの目を過去へ。
――マダガスカルの諺

どの河もいまだ渡らぬ河にしてマダガスカルに渡る朝河

森閑と見よ啼きかはすインドリに黒きくちびる赤き口腔

流し撮りする鳥ごとに緩急はありてひとりに旅路の広さ

今此処を去らむと決めて辿りつく今此処なるをレムールの森

喉下りゆくバオバブの小さき実よ此は星砕く木ぞと聞きつつ

昼餉には陰に入りたる卓につき蟹の甲羅に仕舞ふ其の脚

バオバブにペットボトルが重なるまで後ずさりたり赤土のうへ

水を欲してゐたる景色は南へとはしるに連れて水を拒みぬ

蚊帳に月　施したるのち湧ききたる感情は認めがたく眠れず

宝石は持ち帰れぬと断れば此は椰子と云ふ　陽に透ける椰子

風紋に足あとは消ゑ天穹より堕ちて浜辺に佇てる人なり

陽炎に浸さぬやうにをとめごは荷籠をあたまに載せて往きたり

地平線を押しあげてゐるサイザル麻がダーツの的になるといふこと

青きズボン此は水着ぞと云ひきかせ海渡りたり砂洲に立ちたり

夕焼けに焦げゆく雲を裏返す箸に好しまことよし双のバオバブ

海の色に染まらぬうちに泳ぎをへバニラの薫るラム酒を呷る

マダガスカルに上陸したる日本兵も稲穂を見しか照門の先

ボンネットに膝かけながら捥ぎとりしライチは保つまるき体温

牛飼ひが連れて歩くは購ひし牛、売りにゆく牛、売れざりし牛

バナナフランベ胃に溶かしつつゆく森に吾の瞳を見るキツネザル

カメレオンに見せてみじかき吾が舌は風にすこしく乾きゐたるも

天に突きあたりしごとくバオバブは平らに拡ぐ枝のみどりを

小舟さへさざなみ立ちぬ過ぎし日のふたたび寄することあるごとく

四角い闇を連ねて貨物列車あり遮断機もたぬ踏切を過ぐ

階段上のをさなと揃ふ目の高さ露店に売らるる古書のかをりて

ベローシファカが横飛びにゆく高く高くと背負ふ仔猿にせがまれながら

行行重行行《ゆきゆきてかさねゆきゆく》　寄せたきり帰らぬ波もあまたあるべし

なぜ此処に来たのか分かる日が来るとして歩み出す旅の終はりを

山椒魚が飛んだ日

このままとどまっている――そしてとどまった。
背丈も同じ、いで立ちも同じ、それからずっとそのまま。
『ブリキの太鼓』ギュンター・グラス／池内紀 訳

かぎりなく波紋をひろげ何ならむはるの水面をくぐり抜けゆく

成分は木星にちかいときみが云ふ気球を丘の風に見てゐつ

引っ越します

やはりはうしやのうでせうかと云ふこゑのやはりとはなに応へつ、否と

もよりえきと呼びゐし駅舎に一礼をして返す名よかぜの笹塚

前例があるゆゑ問題なしと云ふ《ウーパールーパーは機内に持ち込めますか》すがしも数学的帰納法

ちひさきもおほき《おとなにならない》もおなじかたちして濡れをり航空機の幼態成熟《ネオテニー》

婚の日は山椒魚が二〇〇〇粁を飛んだ日　浮力に加はる揚力

沖縄県石垣市役所

あらたなる苗字は君に早苗ならむ吾よりさきにはいと応へて

予備として記しておきしいちまいの婚姻届を仕舞ひてかへる

蝶つがひ郵便受けに錆をればぎぎぎと鳴らし羽ばたかせたり

南風の湿度に本は波打ちぬ文字は芽吹くか繁りて咲くか

部屋が飛ばぬやうにとおもひ増やしゆく家具かもしれず夜の海霧

夜香花のかをり聞こゆれ山ひとつふたつ生れてもわからぬ闇に

除湿器に錬金術のごとく湧くみづをハイビスカスに遣りをり

琉歌かなしく燦たり候石垣島万花は錆より艶《にほ》ひにほふも

たづねてきたをさな児のことばが聞き取れない

をさな児が片張り太鼓《パーランクー》を打つ音に雲入道の集ひくるかも

君は云ふ「ぼくのおともだちはゐるか」と云つてゐると

子どもならゐないが山椒魚はゐるさんびきゐると云ふ君の唇《くち》

めくるめく露光時間に写しとるヤヘヤマボタルの銀河創世

ひらがなで書かれし星座早見盤みなみのかんむり座がゆびに載る

どちらから話しかけても割れさうな硝子　山椒魚とむきあふ

きつとぼくはぼくらの子どもに押し付ける片張り太鼓《パーランクー》さだいじにねつて

茉莉花に花断つちからは潜みつつおとなを生くるために生れしか

きつときみはぼくらの子どもに触れさせる山椒魚よやさしくねつて

新しき畳のすでに褪せてをり長きひさしがおとす影まで

きつとぼくらの子どもはぼくらにくぐらせるはるの波紋よゆつくりねつて

——オスカルはみずからをガラスに歌いこみ、
しだいに齢をとっていったのである。

頭を撫でられオスカル坊やたりし日を終へるか砂に素足がしづむ

わたつみに触るれば錆びゆくゆふぞらにカンムリワシよ冠をかかげよ

ながらへて錆びなば黄金《きん》色に錆びたしと取る手につつむ風、みなみかぜ

石垣島　２０１３

綾羽《あやばに》ば生《ま》らしょうり
ぶぃる羽《ばに》ば産《すい》だしょうり
――鷲《ばすぃ》ぬ鳥《とぅるぃ》節《ぶすぃ》

海への道なめらかに反り海沿ひの道へと変はります　元気です

歯を一本抜いて余所者ではない島のサンダル鳴らしてゆく海つぺり

街燈を這ひゆくやもりのぬめらかな影にからだを浸して君は

うなぞこの砂紋と指紋が一致する祖先が陸にあがつた島で

ジオラマに人形をおくゆるやかさパラモーターの人降《ふ》り続く

火の鳥がみどり焦がさず去るときの風よ時空にするどく冷えて

砂浜が波にたぐられゆくやうに見えて一面やどかりが這ふ

やどかりは小さき殻にそれぞれの海もつと云ふ　浜は満ち潮

みづのなかで聞こえる声は誰の声こぷりと響《とよ》めばぷこりと返し

島そばにふる島胡椒さりしかりさりと小瓶を頷かせつつ

アダンの実は幹に遅れて戦ぎをり試作のやうな台風は来て

猫にふれ猫のにほひがする人に手をひかれつつ高きにのぼる

くる夏のパイナップルのかをりした飛行機雲に鳥は沿ふかも

死後は一層眠い気がするやどかりをやもりを鳴かせて島はゆふぐれ

釣り船のあかりと星とを分かちゐし水平線が闇にほどける

夏のはて秋のはじまりクマノミは磯巾着をすり抜け泳ぐ

壁掛け時計にみづ満ちてをり此の島が生まれ故郷になることはない

飾られていとぐるまあり糸車まはしてなにも起きぬまひるま

ブーゲンビリア葉を咲かせをり才能はただしくきよく無駄遣ひせよ

雨なかに得る浮力ありいつよりか遠い何処かは此処だと決めて

《いつの世》に思ふ永さはきつと違ふ帰りはぼくが助手席に乗り

龍を駆るための櫂あり太鼓ありレンズのむかうになに見失ふ

熊蟬は木漏れ日に照り啼いてゐるともゐないとも見えて目を閉づ

ウシュマイが歯に当てぬやう挿し込みしストローを伝ふ此の世の水が

山に沈む太陽ならばひきあげることができるか　岬へいそぐ

島時間の粒子を翅からこぼしつつ空港跡地は蝶ばかりなり

ふりだしに戻るがごとく同じ葉に蜻蛉のとまることの幾度

牛とぼくの瞳のあひだを往還するひかりのゆくへ　お元気ですか

冠を正す　——李白「古風 其九」

靴紐をなほすのならばかたちよきすももの種をあかるく植ゑよ

＊

莊周夢蝴蝶
蝴蝶爲莊周《胡蝶、荘周となる》　とも吾はべらばうに花喰ひたくて花屋に来たり
一體更變易
萬事良悠悠《万事まことに悠々たり》　とてきのふけふ椅子の位置さへ変はらぬ茶房

乃知蓬莱水
復作清淺流《また清浅の流れとなる》　とき玉の枝は手折るに易く売りぬき難し
青門種瓜人
舊日東陵侯《旧日の東陵侯》　とや蔓ふかき瓜田に正す冠を持たざり
富貴故如此
營營何所求《営々として何ぞ求むるところ》　とぞ焚火にくべたることとの葉の嵩

＊

海風に吹き戻さるる凍蝶の島から逃れ去るとして、さて

其のひとを

みごもりを誰にも告げぬ冬の日にかんむりわしをふたり仰ぎつ

＊

超音波写真

六コンマ一の単位は光年か医師より授かる星図のごときに

さみどりの胎芽が胎児に変はりゆく秋を一貫して吾なりき

おなじもの食みつつ吾の身のうちに育つものなし昼すぎて雨

生誕の日に寄る者と生誕の日より離《か》りゆく者とを傘は

5-Wayだつこ紐のカタログに父母役は歳とらずあり

ひよこは赤子。では、たまごは何の喩か

たまひよのほほ笑むたまごは内側に耳くち持たむまなぶた持たむ

「妊娠初期にやっていいことダメなことQ&A」

フォアグラは食べてもよいかといふ問に匕首のごとき切実さあり

読者回答のひとつひとつに人質のごとく子の名が吊るされてゐる

里帰り出産はしないと決めた

其のひとのうまれ故郷をぼくたちは風の離島と許可無く決めたり

胎児に触るることなき吾は冬蝶の過《よ》ぎるを車停めて見てゐつ

嗚呼、君の代はりに身籠りたしと思ふことの心底なるは卑怯ぞ

なれば産むほど辛く名を求めよと雲を統べつつ君は云ひたり

たとへば「琉」の字は一九九七年に加へられた

人名用漢字一覧を紙に刷り鉱石箱のごとく撫でたり

――人の名も、目慣れぬ文字をつかんとする、益なき事なり。『徒然草』

己が名を名付け得ざればけんかうと呼ばせて老いぬト部兼好《かねよし》

五人の子が揃ふことはなかつた

於菟、茉莉、杏奴、不律、類と呼び湿りし髭か森林太郎

――家聞かな　名告らさね　『万葉集』

とほからぬ春に出会はむ友の名の　さねさしさがみ　そらみつやまと

性別が名を産むあさな性別を名が産むゆふな風を見てをり

うたびとの名をまづ消してゆくことを眠りにちかき君はとめたり

客去りしのちを観てをり天翔けるエンドロールに名を盗まむと

其のひとと夢にて会へば万人のをみなをのこの名をもて呼べり

其のひとが人を撲つ夏、より深く其のひとを刺す名はなんだらう

其のひとが屈みこむ秋、胸そこの枯れ葉に火を打つ名はなんだらう

其のひとが子を抱く春、もろともに包《くる》みてぬくき名はなんだらう

其のひとの髪しろき冬、よかつたと思ふにいたる名はなんだらう

授くる名を探しださむといふ旅も七日目にして塩買ひもとむ

きりかぶに名が転げるを待てるのみ森ふかければひかりまばゆし

甃道《いしみち》のくぼみに落ちて椎の実の定まるごとく名を決めようよ

妊娠中期の手術

なにもかもうしなひうるといふ趣意に灼けゐる朱肉で判を捺したり

つよく捺す判に張りつき浮きあがる手術同意書　はがれてゆきぬ

山笑ひつかれて眠るか産院にひとを送りしゆふべをあゆむ

雲梯に人さがりゐるまひるまを死せる歌人が bot に変はる

いのちにはをはりあるゆゑ一点のはじまりがある　あると信じよ

手術中の君が病室みづいろのテレビカードは使はれずあり

途中まで解かれてゐたるクロスワードパズルを埋めぬ君が字をまね

カーテンのうすももごしに手をあはす音ありいただきますと云ひたり

術前術後、何度も聴かされる

其のひとの疾き心音はなつかしく雨ふりどきのなはとびの音

其のひとをすでに見据ゑむ君が眸《め》はいつか見せむと撮りし写真に

服を着るために産まるる其のひとの指はくぐらむボタンホールを

其のひとの靴をおく日がくることを思へば狭き玄関である

緋寒桜までのさかみちのぼりゆく　胎児はあまき汗をかかむか

齢ひとつかさねて高齢出産に変はりし朝の窓をあけたり

新型出生前診断がガソリン代程度であつたら、どうしただらう

子を選ぶ権利はあるか義務はあるかあらば金にてあがなひうるか

子を選ばぬ権利はあるか義務はあるかあらば万事をうみぬきうるか

世に産まるるからには吾を殺さむか酔ひより醒めてなほも思へり

完璧な其のひと来たれ完璧に吾を射抜けよ天之波士弓《あまのはじゆみ》

完璧な其のひと来たれ完璧に吾を屠れよ天叢雲

完璧な其のひと来たれ完璧に吾を縊れよ蔓蘿《ひかげ》の蔓

陽のあたる柱にきざむ其のひとの最初の背丈六コンマ一

＊

十月十日おくれて父となる吾に梅雨あけのちの島しづかなれ

香煙を射抜く

神々に嗜好のあればとりどりの菓子売られをり艋舺龍山寺《マンカーロンシャンスー》

鼎の灰に落として立てる線香の願へば叶ふものなにかある

敷石に投げては拾ふ筊杯《ジャオベイ》を撫でたり神のくちびるのごと

香煙を射抜く春雨　叶へたき願ひは棄てたき願ひにも似て

粥すするごと願ひをへ見てゐたりまなぶたの色いのりの長さ

一匹の龍盗まむと嚥みこみし吾が喉《のみど》嗚呼ひかりてやまず

讓座給老弱婦孺

君に席を譲りしショールを眼に追ひぬ下車のをりまた礼を云ふため

誰が手繰りつづくる数珠かゴンドラは茶の香に満ちて猫空《マオコン》に着く

台北は逢魔が時ぞ飛行機に今みつしりと羽根纏はせよ

産まれ来る者とくと見よ汝《な》がために隅々まで見逃した世界だ

無を煮込む

あやまたず父となるべし蕪の葉を落としてまろき無を煮込みつつ

記憶もてたどりつけざる生誕の日よ円規《コンパス》の針穴のごと

其のひとの荷物はすでに世にありて襁褓《むつき》の箱を積む部屋のすみ

其のひとを世に拐ふことあたらしき名を被すこと大潮ちかし

夜の海に浸すくるぶしさざなみは奪ひてゆかむ一語一語を

其のひとは

誰もゐないたれもゐないと云ふ君の手をにぎりしむ分娩室に

壇上へ女を追ひ立てゆくこゑの、自分であがると君は云ひたり

陣痛の斧に打たるる其の者の夫なら強くおさへつけよ、と

ひとがひとを保たむとするまばゆさを分娩台から投げ捨て君は

からだから樹液のやうな汗をふき愛するひとが樹になつてゆく

分娩台におかれてみどりけぶる樹に触れたるものも樹になつてゆく

点滴の管のかづらが君を這ひあがりゆくのを吾は掻き分く

ひとがひとを保たむとするまづしさを剝がされ吾も樹になつてゆく

びつしりと鉗子が生えてゐる此処はうづまく森のうづのまんなか

テテップップ

樹になつてゆく＼誰もゐない／真つ暗な＼まばゆさのなか／木霊を＼叫ぶ

テテップップ

噫、此処は見憶えがある＼いつ／君を知るまへ＼君つて誰／わからない

テテップップ
土鳩だわ／とまつてゐるのは＼誰の枝／からみあふから――もうわからない

テテップップ
樹になつてゆくいつぽんのわからないぼくらが此処にたばねる木霊

ててつぷつぷててつぷつぷとこだまするぼくらの洞《うろ》をふるはせながら

砕けつつ樹のうらがへる音をたてぼくらはまつたき其のひとを産む

（ああ、ここはみおぼえがある）其のひとのうづまく眸《まみ》に森はひかりて

其のひとは　いつかのぼくで此のさきのどこかの君で　あなた、でしたか

産まれたるあなたを包む繭となる森羅万有引力の糸

一向に整はない

苦しさうなあなたのまへに樹であれば教へられない呼吸のしかた

硝子器に喘ぎてやまぬあなたから目を背けたい、から背けない

石敢當をつきぬけて

地獄にも法があるつてことか。
其れは好都合つてもんさ、君たちと確かに契約を結べるなんて。

——ファウストの台詞

なかは高濃度の酸素に満たされてゐる

人を恋ふ魚のごとくに見つめゐつ硝子容器のうちなる吾子を

飼育と保育の違ひはなんだ

保育器はしろく灯りて双の手の差し入れ口を窓越しに見つ

いくつかの項目はすでに埋められてゐた

「新生児入院通知書」を出しにゆく入院日時は誕生日時

どの書類にも母子の欄しかない

保育器のごとく灯れる病棟の深夜窓口に手を差し入れにき

出生証明書は支払ひの後と云ふ　吾子は世に在りありて世になし

母の名に〈児〉を足し仮の名となせる吾子の診療カードを仕舞ふ

後産ののち妻が気をうしなふ

わたしのことそれともあの子のことと問ふ君にだいぢやうぶと繰りかへす

まだ吾子に触れられぬ手よ父の字が何を持つ手か思ひだせない

這ひつくばひ喘ぐ吾子がため此処にゐる新生児はみなうつぶせにせよ

すぐ失くすひとがゐるので、と予備に受け取る

朧夜のチャイルドシートに臍の緒をつつみし白布のせて帰りぬ

おやごころの芽ばえは悪意の兆しにも似てアクセルを踏む霧のなか

あるはずなき石敢當が十字路の点滅信号に照らされてゐる

轢いたはずの赤子のやうな一匹が点滅信号に照らされて立つ

十字路に立てる悪魔の悪の字の中の十字路に立てる悪魔の

望まざる者にあらはれざる者とみとめてしまはば愉しからむか

うしなはずして何を得むかたぶかぬ天秤におく手と目と口と

代償はヴェニスの商人方式

――容易き哉、其方の言葉の身ぬちよりきつかりと削ぐ肉一听《ポンド》

契約書の巻絨毯のふかぶかを命ぜらるるままはだしに歩む

みづからの股をくぐりて赤子なる悪魔が消ゆる六月の闇

十字路にひとり吾のみ信号の点滅、影の明滅、夜霧

プリンカップを逆さにしたりパンドラの匣のただしき開けかたとして

霧の夜を子と妻と吾それぞれの匣にて眠るほかなくねむる

Zum Augenblicke dürft' ich sagen:

過剰呼吸にくるしむ吾子が癒ゆるなら刻よ留まれ汝はうつくし

てのひらのうへで泣いてゐる六斤

笑むことを知らざる吾子の Du bist so schön なればそのままでゐよ

――契約に基き貰ひ受くる也

吾子がため削がるる手足目鼻口耳肉なれば此の手を終に

此の世も法がある地獄ってことか。

其れは好都合ってもんさ、君たちと確かに契約を結べるなんて。

ことのはの腐葉土をゆく悪魔の背を射抜かむとして腕が捥げ落つ

また吾子に触れられぬよ父の字が何を待つか悪ひだせない

——容易き哉、其方の言葉の躮ぬちよりきつかりと削ぐ肭一口口昕《ポンド》

＊

ししむらをそがれてのちの血ならみなあげるよあなた、産んでよかつた

トレミーの四十八色

鳳仙花のごとき啓示よ神々に還すべき色四十八色

Ursa Minor / 小熊座

冬眠のさなかに生れたるみづからを仔熊と知りにき春は虹色

Ursa Major / 大熊座

冬眠のさなかに産みたるかたまりに母熊なればそそぐ雪色

Draco / 天龙座

眠れる山の竜田姫より盗みだす林檎に映る世は琥珀色

Cepheus / 仙王座

善王たれば善き夫たるか尻臀《しりたぶら》しづめて玉座の紅榴石色

Bootes / 牧夫座

屍からカウベル盗りては首に提げ牛飼ひたちの頬の艶紅

Corona Borealis / 北冕座

北の女王は北の魔女にて冠にふれて融けざる雪より氷色

Hercules / 武仙座

金獅子を縊るちからが追ひ出せぬ小さき脳細胞の銀鼠

Lyra / 天琴座

黄泉平坂ひかりてまばゆ伊邪那岐はオルフェを見たり琴は飴色

Cygnus / 天鵝座

ではみなさん、さういふふうに――乳染みて漂ふ白鳥にて乳白色

Cassiopeia / 仙后座

より美しき娘を持つは罪なるや罰なるや妃の肌は鳶色

Perseus / 英仙座

斬り落とすメドゥーサの首より散りゆける蛇よ流星群の山吹

Auriga / 御夫座

戦闘馬車《チャリオット》壁画に彫られ牽く馬を弓にて狙ふ馭者の亜麻色

Ophiuchus / 蛇夫座

もはや死にたる者より生者は多しと云ふ地上は楽園されど苦色

Serpens / 巨蛇座

杖よりも長きは杖を巻き絞むる彼の薬師蛇にて萌黄色

Sagitta / 天箭座

昇りつめ落ちはじむるとき一点の矢は線分となる桔梗色

双頭の双双頭の双双双双頭の鷲ぞ空五倍子色

Aquila / 天鷹座

つつぷりと潜りゆくとき棺にも見えてイルカの薄墨色

Delphinus / 海豚座

走馬燈ひとつに馬は何頭が適切でせうか燈は桜色

Equuleus / 小马座

つばさ厚き天馬を飼ふにふさはしき鳥籠あらず夜は瑠璃色

Pegasus / 飞马座

神々が剝がざる衣服を画家は剝ぎ贄なりアンドロメダの肌色

Andromeda / 仙女座

霊長類の膚《はだへ》に縫ふのか三角形は血潮に染まりゆき猩々緋

Triangulum / 三角座

Aries / 白羊座

有限のひつじにあれば人類は数へきるべし其は雲母《きらら》色

Taurus / 金牛座

白牛に地母神たちが摘まみ持つための瘤あり風は草色

Gemini / 双子座

兄を死から遠ざけむとてポルクスが磨くひかりの舟の虫襖

Cancer / 巨蟹座

死に顔を複製しては奔り去るいづれの鬼面蟹も深緋

Leo / 獅子座

獅子は火焔の輪をくぐれどもくぐられぬたてがみ燻みつつ鬱金色

Virgo / 室女座

罪のなき乙女にあれば投ぐるべき柘榴を拾ふ掌の象牙色

Libra / 天秤座

重さ無き存在として其処にある天秤皿の黄梔子色

Scorpius / 天蝎座

みづからの毒尾が描く真円に閉ぢこめられたる蠍の緋色

Sagittarius / 人马座

放たれし矢は見てゐたり放物線描ける射手の水浅葱色

Capricornus / 摩羯座

視野といふ草地をやがて覆ふだらう山羊の巻きゆく角あんず色

Aquarius / 宝瓶座

みづがめに溜めたるなみだのとつぷんとあさなゆふなも澄む甕覗

Pisces / 双魚座

魚眼鏡《レンズ》に流線形は真直ぐなれ魚はめぐりをゆく瑩色

Cetus / 鯨魚座

メドゥーサの首もて龍涎香にする鯨のからだよ薫る灰汁色

Orion / 獵戸座

オリオンを捕へるごとく指先に挟みしメジャーカップの銀色

Eridanus / 波江座

水牛が角冷やすとき嵩を増す大河は流れながるるみどり

Lepus / 天兎座

オリオンの懐に入らば棍棒は届かず兎の眼には潤朱

Canis Major / 大犬座

殺さず咬む加減を教へるために巻く鶩鳥に有刺鉄線の鈍色

Canis Minor / 小犬座

みづからに唇づくるごと水を呑む仔犬のゐたり舌は掻練

Argo Navis / 南船座

船頭に天使多くて空をとぶ船あり月に透きて葡萄色

Hydra / 长蛇座

断つほどに芽吹くヒドラの九罪にありぬ〈虚栄〉と〈恐怖〉の秘色

Crater / 巨爵座

ウラン硝子の盃もて呷る苦艾酒《アブサン》に胃の腑煌きやまず白緑

Corvus / 烏鴉座

鴉見ゆるは陽のひかりゆゑ瞬膜に凝りて遺るのみの白銀

Centaurus / 半人馬座

半人半馬と聞けば脳裏を駆けめぐる馬頭人尾のかかと桃染

Lupus / 豺狼座

豺とは気づかず探す遠吠えのもちぬし闇の狼は藍

Ara / 天坛座

祭壇を建つるは神をも創るため神より搾る檳榔樹黒

Corona Austrina / 南冕座

冠のなかの林檎を射ますゆゑ頭を下げたまへ——闇は鉄紺

Piscis Austrinus / 南鱼座

二角帽飛ばさぬやうに翻るナポレオンフィッシュの露草色

喪ひたる色など誰ぞ思ひ出す――トレミーは捧ぐ、双の眼球

古都のななとせ

母子、妻子つかひ分けつつ書く文に鴨川デルタなみだぐましも

薄荷油を擦りこむ指のおもひだしあはねば思ひ出せざることか

其のたびに暖簾のやうなものに触れ古都に入りゆく古都を去りゆく

くれなゐと旧仮名遣ひに呼ぶ店の駐めた自転車どこにいつたか

締め切りは輪ゴムのやうに延びるから
「塔」の時評まだなることの百万遍から見える店予約してます

駐めた自転車ここにあつたか漕ぎいだす三条千本まづ鍵購ひに

去りがたくなるまで去らぬわが癖を愛しみて去る古都のななとせ

こんこん

ゆふぐれの堀川東大路にて落ち逢ふはずの友ひとりゐて

うたくわいと憶えしものが狐火であるゆゑくぐる石の鳥居を

石垣のうへに茶房のありしことてつぺんぐらりんどんどはれ

東雲湯、東山湯に洛東湯ひがしの読みをたがへ——ああ、雪

ああ、雪　と出す舌にのる古都の夜をせんねんかけて降るきらら片

妻となるひとりを知らぬ吾がゐて湯屋よりかへる雪踏みしめて

父となるいつかを知らぬ吾がゆくシュガーポットに砂糖をうつす

0歳の質量

0歳を匿ふのみの逝く秋に鷹柱見ゆ伸び縮みして

指一本ゆびいつぽんとてのひらをひろげてやれば　ふふ、何もなし

0歳を量らむとしてまづ吾が載りて合はせぬ目盛を0に

てのひらで擦り込むやうに漁り火の履かせてやりぬ靴のぬくとさ

0歳をくるめる布より垂れさがるうさぎの耳をたぐりよせたり

クリスマス・ツリーができるまでを見せ眠たげなれば家路をたどる

0歳の質量は冷え窓際に寄するゆりかご陽に満ちはじむ

頭を撫づるたびちぢむならポケットに入れるほかなし胸ポケットに

0歳を濡らさぬやうに掲げもちいま越えむとす来る年の波

ことばもてことば憶ゆるさぶしさを知らざる唇《くち》のいまおほあくび

火炎焱燚《くわえん》菊

Freising in Deutschland 2003-2004

"Kino"

其の曲はＮＥＮＡかと問ふ男より釣りを受けとる然りと答ふ

"Liebe ist"

雪暮れのマリア広場に購ひてシナモンの香の熱き葡萄酒

"Jetzt bist du weg"

移動式スケートリンクに人々は氷のうへを浮きつつ滑る

"In meinem Leben"

グミの熊かたき雪の日すぎゆきは路面電車《トラム》のはやさに巡りてゆくも

"Haus der drei Sonnen"

向日葵麵麭かかへて歩む雪道の仄白く今どこへも着くな

音にのみきくひとあるいは火炎焱燚菊あるいはネーナ・ケルナー、あなた

"Feuer und Flamme"

ヘッドフォンはづせば耳に雪の香はするどく冥し雪原をゆく

"Was hast du in meinem Traum gemacht"

鶴をつなぐ

乳飲みて飲みをへるまでとどめたる映画のなかの色薄き雨

ベビーカーは折り鶴に似て児を拐ひとぶやもしれず枷鎖購ひにゆく

ドラム式洗濯機のなか佈の絵本舞はせて夏をうたがはずあり

昼の月とどく気がするをりふしを吾妻とはなす死ののちのこと

抱へたる此は時の嵩ちかごろは首振ることをおぼえ首振る

Google が吾子を知る日の閑けさは銀河大衝突にてあらむ

雨よりもさきに教へるあまがさのあなたが生まれてから苦しいよ

言の羽を梳く／涙湖

すぐ魚に戻らむとする子を抱きてゆびさきに白き鱗を切りぬ

突発性難聴

ひだりみみも吾を捜して彷徨ふかかたみに知りたる草の小径を

ながき尾を支へとなして子は立ちぬ四肢を珊瑚の砂にまみれて

喃語より言の羽らしきを梳きながら野分のまへのくさはらをゆく

——彼等の言語を淆し互に言語を通ずることを得ざらしめん　『旧約聖書』

喃語こそ一《ひとつ》の言語《ことば》　淆乱《バベル》の塔ほど抱へあげ地に下ろしたり

子が泣けば抱きよせ添ふる耳なりと、医師に伝へて吾が遠きこゑ

脳検査

ＭＲＩ装置に浸されたるのちの吾と寸断なく連続す

原理上、骨は写らない

涙骨《オス・ラクリマーレ》は視えねど吾が涙湖《ラクス・ラクリマリス》を丘に視わたす

耳をうしなつたら又、来てください

みぎみみに雷鳴　ひだりみみに添ふ仔犀の寝息、やはらかき角

奪はれたる島の電子がいなづまに換はりて還る風のまにまに

蝶と眼帯

視力検査表

Cの字のいーるあーるにひらくのち縹渺として○の連続

眼帯が吾から奪ふ奥行きを吹きてはもどす戻してはふく

刳り貫かれいまいづこにて艶めくやダビデの白き水晶体は

天気図の野分のゆくへよランドルト環を繋げる鎖のごとく

眼帯を付けれど他人にならざればボードブックをまた読み聞かす

あをむしのために刳られし真円は保管さるるか其の色ごとに

あをむしに喰はれたのだと眼帯を風にはづせばきつきと笑まふ

台風15号・16号

俯きてゐたる野分が溟渤にかきあぐる髪みひらく眼

眸《まみ》ふかく映してやりし遠花火に教へてゐない色ばかりある

子の背に耳あてて聞くみづからを上書き保存する駆動音

子を戒むる日はくるか野分立つ蝶園にきて蝶を見せゐつ

四角い波紋

麵麭の耳に麵麭くるまれてゐる朝の等しき深さに子と目醒めたり

霜月の尽日を踏むサンダルとあかき熱源たる仏桑花

抱へたる子に封筒を握らせて眼下にあらむきだはしを行く

日に一秒撮り繋げこし映像に空は増えゆく子の立ちてより

図鑑には月の絵ありていくたびも離着陸するうすき指さき

絵本にはなき花布のみどりかな子の本棚に見つけし『駅程』

ケージから抜け出すさまを映像に収めてのちを繰りかへし叱る

雨なかを牛の瞳《め》のみな濡れてをり此処だとナビが告げたる場所に

天網恢恢疎にして雨はふりやまず湯掻きてのちに切る四角豆

雨の日の絵本に水はうすく張り四角い波紋を指にめくりぬ

もう息が続かないからあがりゆく絵本のそこひに子を置き去りて

外　貨

本島を沖縄と呼ぶ離島にも離島はありて其の離島にも——

島時間と沖縄時間にある時差に磯鵯は声満ちてをり

待機児童解除の報せを受けし日に晴れがましさは抑へがたかり

ままごと玩具

マジックテープに繋がる野菜を断つときの同じちからが生むおなじ音

子に吾の名を教ふるはさびしかり別れのことばを手渡すに似て

ビニールプールに水抜きてのち乾きゆく廂を濡らすみづかげろふも

「全国の天気」に映らぬ島に住み沖縄は見ゆ対馬の北に

海からの逆光のなか建立費寄附一覧が弗なりしこと

磯鵯に似たるさへづり此の島に外貨のごとき〈いいね〉を降らし

人質のごとく奪りあげたる熊のぬひぐるみを提げ保育所を出る

――躰體に繫がる頸を斷つときの同じちからが生むおなじ音

日傘から伸ぶる子の手の透けゆくを見て差しなほす日傘の陰を

日傘からはみ出す吾の透けゆくとき目を見て云ひなさい、さよならは

幡ヶ谷沃野

Bar Pledge

〈誓約〉と云ふ名の店に飲む火酒のローランドからハイランドへと

30cc《ワンショット》を注ぐに長き指なると十年前の吾も思ひき

テーブルが荒野であらば沃野たるバーカウンターに歌を拾ひつ

〝ツーフィンガー〟確かむるには細き指なりしか安藤美保の其の指

うたがひて疑ひやまずも詠ひ着く場所はきとあり焚火の如く

性別を明かさぬままに子を詠みてふたとせさうだふたとせが過ぐ

Schleich

東京にゆくたび購ふ動物の模型のつがひ仔は購はず

実に善く出来てますねと云はれたる沃野のうへのつがひの羊

Malt Whisky Trail

草炭にのこれる羊の足跡を辿りてゆかなスペイサイドへ

一説に無花果

ただ明日の友が欲しくて知智乃実に手を伸ばしたり沃野の果てに

又、来ますと云ひつつ鞄に仕舞ひこむ『水の粒子』とつがひの羊

——はるの波紋よゆつくりねつて

ひやくねんを空に漂ひましろなる山椒魚が吾をいざなふ

*

其のときが来たらば吾を訪ひに〈誓約〉と云ふ名の店に来給へ

あとがき

ツバルという国を旅したことがある。

太平洋の赤道付近にある小さな島国で、海面上昇とともに水没してしまう可能性が大きいと言われている。高いところでも標高が五メートルほどしかない三日月状の島を、ひとりで歩いて過ごした。

ある夜、星空を撮影しようと外に出て空港を目指した。空港といっても原っぱの延長のような場所で、柵で囲われてさえいない。数少ない飛行機の離発着時以外は、子どもたちがボールを蹴っているような場所だ。

すでに深夜の三時を過ぎており、通りにはいくつかの街燈がオレンジ色の光を静かに落としているだけだった。カメラと三脚を抱えて静かに歩いていると、楽しげな声が聴こえてきた。声のするほうに向かってみると、三人のふくよかな体型のご婦人たちが、簡素な家の玄関口に座り込んで、街燈を頼りにカード遊びをしているのが見えた。楽しいおしゃべりのような、それでいて三人で声を合わせて歌うような声は随分と大きかったが、この島には私さえおらず、ただ彼女たちだけが暮らしているかのように思えた。

星の撮影を終えて空港から帰るころには、彼女たちの姿はなかった。すでに長く人が住んでいないことを思わせる建物の前に、散らばったカードだけが街燈のオレンジ色の光に照らされて残っていた。椰子の木の葉擦れの中に波の音が響いていた。石垣島に暮らしはじめて、四年目も半ばを過ぎた。星が美しい島ということもあり、今でも夜更けに散歩に出るたびに、あの夜の続きを歩いているような気持ちになる。

本歌集には、二〇一二年から二〇一六年までに詠んだ歌から三七一首を選んで収めました。年齢としては33歳から37歳までの作品となります。

出版に際しましては田島安江様、黒木留実様をはじめとする書肆侃侃房の皆様に大変お世話になりました。また、ありかわりか様が装画を、宮島亜紀様が装幀をご担当くださったことを光栄に思います。厚く御礼申し上げます。

二〇一六年十一月

光森裕樹

初出一覧

月のむかう	現代短歌新聞 2012-11
空と呼ぶ	うた新聞 2012-11
きさらぎの質草	短歌 2013-3
Madagascar 2012	第十七回文学フリマ（東京）2013-11向けに制作
山椒魚が飛んだ日	歌壇 2013-9
石垣島　２０１３	第十七回文学フリマ（東京）2013-11向けに制作
冠を正す	白茅 3号 2014-1
其のひとを	GANYMEDE 60 2014-4
香煙を射抜く	短歌 2014-6
無を煮込む	現代短歌新聞 2014-7
其のひとは	短歌研究 2014-10
石敢當をつきぬけて	黒日傘 4号 2015-2
トレミーの四十八色	GANYMEDE 59 2013-12
古都のななとせ	神楽岡歌会 一〇〇回記念誌 2015-3
0歳の質量	GANYMEDE 62 2014-11
火炎焱燚菊	短歌 2015-1
鶴をつなぐ	現代短歌 2015-6
言の羽を梳く／涙湖	短歌 2015-11
蝶と眼帯	短歌往来 2016-1
四角い波紋	うた新聞 2016-1
外　貨	現代短歌 2016-10
幡ヶ谷沃野	歌壇 2016-4

＊「山椒魚が飛んだ日」の冒頭ならびに26首目の引用は、『池澤夏樹＝個人編集　世界文学全集Ⅱ－12　ブリキの太鼓』（原作　ギュンター・グラス／訳　池内紀・河出書房新社 2010）のＰ55およびＰ67に拠ります。

■著者略歴

光森 裕樹（みつもり・ゆうき）

一九七九年兵庫県宝塚市生まれ。沖縄県石垣市（石垣島）在住。

二〇〇八年、「空の壁紙」にて第54回角川短歌賞受賞。

二〇一〇年、第一歌集『鈴を産むひばり』（港の人）を上梓。同歌集にて第55回現代歌人協会賞受賞。第二歌集に『うづまき管だより』（電子書籍）。

Web Site：http://goranno-sponsor.com
Twitter：@mitsumo
Contact：y.mitsumori@gmail.com

「現代歌人シリーズ」ホームページ　http://www.shintanka.com/gendai

現代歌人シリーズ13

山椒魚が飛んだ日

二〇一六年十二月二十一日　第一刷発行

著　者　光森 裕樹
発行者　田島 安江
発行所　書肆侃侃房（しょしかんかんぼう）
〒八一〇・〇〇四一
福岡市中央区大名二・八・十八・五〇一
（システムクリエート内）
TEL：〇九二・七三五・二八〇二
FAX：〇九二・七三五・二七九二
http://www.kankanbou.com　info@kankanbou.com

DTP　黒木 留実（書肆侃侃房）
印刷・製本　アロー印刷株式会社

ISBN978-4-86385245-7　C0092

現代短歌とは何か。前衛短歌を継走するニューウェーブからポスト・ニューウェーブ、さらに、まだ名づけられていない世代まで、現代短歌は確かに生き続けている。彼らはいま、何を考え、どこに向かおうとしているのか……。このシリーズは、縁あって出会った現代歌人による「詩歌の未来」のための饗宴である。

海、悲歌、夏の雫など　千葉 聡
海は海　唇噛んでダッシュする少年がいてもいなくても海
四六判変形／並製／144ページ
定価：本体1,900円＋税　ISBN978-4-86385-178-8

耳ふたひら　松村由利子
耳ふたひら海へ流しにゆく月夜　鯨のうたを聞かせんとして
四六判変形並製／160ページ
定価：本体2,000円＋税　ISBN978-4-86385-179-5

念力ろまん　笹 公人
雨ふれば人魚が駄菓子をくれた日を語りてくれしパナマ帽の祖父
四六判変形／並製／176ページ
定価：本体2,100円＋税　ISBN978-4-86385-183-2

モーヴ色のあめふる　佐藤弓生
ふる雨にこころ打たるるよろこびを知らぬみずうみ皮膚をもたねば
四六判変形／並製／160ページ
定価：本体2,000円＋税　ISBN978-4-86385-187-0

ビットとデシベル　フラワーしげる
おれか　おれはおまえの存在しない弟だ　ルルとパブロンでできた獣だ
四六判変形／並製／176ページ
定価：本体2,100円＋税　ISBN978-4-86385-190-0

暮れてゆくバッハ　岡井 隆
言の葉の上を這いずり回るとも一語さへ蝶に化けぬ今宵は
四六判変形／並製／176ページ(カラー16ページ)
定価：本体2,200円＋税　ISBN978-4-86385-192-4

光のひび　駒田晶子
なかなかに引き抜きにくい釘抜けぬままぬけぬけと都市の明るし
四六判変形／並製／144ページ
定価：本体1,900円＋税　ISBN978-4-86385-204-4

昼の夢の終わり　江戸 雪
いちはやく秋だと気づき手術台のような坂道ひとりでくだる
四六判変形／並製／160ページ
定価：本体2,000円＋税　ISBN978-4-86385-205-1

忘却のための試論 Un essai pour l'oubli　吉田隼人
ぺるそな　を　しづかにはづしひためんのわれにふくなる　崖のしほかぜ
四六判変形／並製／144ページ
定価：本体1,900円＋税　ISBN978-4-86385-207-5

---

10. かわいい海とかわいくない海 end.

瀬戸夏子

恋よりも
もっと次第に
飢えていくきみは
どんな遺書より
素敵だ

四六判変形／並製／144ページ
定価：本体1,900円＋税
ISBN978-4-86385-212-9

11. 雨《ふ》る

渡辺松男

ああ大地は
かくも音なく
列をなす
蟻を殺してゐる
大西日

四六判変形／並製／176ページ
定価：本体2,100円＋税
ISBN978-4-86385-218-1

12. きみを嫌いな奴はクズだよ

木下龍也

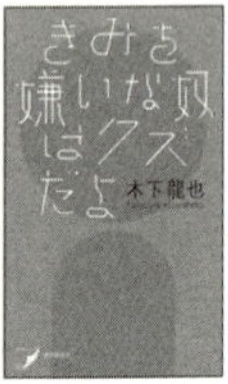

「いきますか」
「ええ、そろそろ」と
雨粒は雲の待合
室を出てゆく

四六判変形／並製／144ページ
定価：本体1,900円＋税
ISBN978-4-86385-222-8

以下続刊